EL CAPITÁN CHEECH

por Cheech Marin

ilustrado por Orlando L. Ramírez
traducido por Miriam Fabiancic

rayo

Una rama de HarperCollinsPublishers

¡BUENOS DÍAS!

Me llamo Cheech y soy el chofer de tu autobús escolar. Soy un chofer muy, muy, muy pero **MUY** bueno. **SIEMPRE** llego a la escuela a tiempo y siempre tomo los **MEJORES** atajos.

Un día, mis Cheecharrones se estaban subiendo al autobús, cuando Carmen se detuvo a mi lado.

—Ey, Cheech —dijo Carmen— ¿Supiste lo de la regata?

—¿La regata? ¿Cuál regata? —dije.

—¡Sí! —afirmó Moe—. Vanessa y sus amigos nos desafiaron a competir en una regata el lunes después de la escuela. ¡Seguro que ganaremos!

—Eso me recuerda a cuando yo era chavo —dije—. Nos gustaba hacer barquitos de papel y echarlos a navegar en el río que atraviesa el parque.

—Sí —dijo Moe—, esto sería igualito.

—Cheech —dijo Eugenio—, queríamos preguntarte si nos podrías prestar el autobús este fin de semana.

Me pregunté para qué querría pedirme el autobús prestado un grupo de chicos. Pensé que quizás querían pintar un mural en el costado. O que iban a regalarme un volante nuevo.

Me puse muy contento. Los Cheecharrones eran tan buenos chicos...¡y eso que ni siquiera era mi cumpleaños!

Cuando me levanté el lunes por la mañana, el autobús estaba tapado con una sábana.

—Buenos días, Cheech —dijo Eugenio—. Mira, hay que ver para creer este increíble, incomparable...

—¡Todos se están riendo de nosotros! —dije—. Pero yo sé qué hacer para que paren de reír.

Todos se detienen cuando ven mi cartel de "PARE". ¡Esto es lo que yo llamo una "parada de autobús"!

Cuando Vanessa y sus amigos vieron el autobús a vela, no pudieron contener la risa.

—¡Ese bote es increíble! —dijo Vanessa—. Pero, ¿qué le pasará si le entra agua por las ventanillas?

—¡Basta de hablar! —dijo Moe—. ¡Vamos a empezar!

En sus marcas...listos...

¡FUERA!

SCHOOL BUS

¡Después los peces se pusieron más amistosos!

El bote de Vanessa se quedó atrás.
—¡Seguro que ganaremos! —gritó Joey.

Pero **luego** los peces se volvieron **DEMASIADO** amistosos.

Vanessa avanzaba rápidamente, ¡y estábamos a punto de llegar a la meta!

—¡Cheech! —gritó Moe—. ¡Están muy cerca! ¡Tenemos que hacer algo!

—Tengo una idea —dije.

¡GANAMOS!

—¡Qué carrera fantástica! —dijo Vanessa—. Cuando sea mayor quiero ser chofer de autobús escolar para poder tener mi propio cartel de "PARE" ¡y ganar todas las carreras!

—Bueno —dije—, al menos esto se terminó.
—Todavía no —dijo Moe.

—¡Tenemos que regresar!

A mis hijos: Carmen, Joey y Jasmine.
—C.M.

A todos los niños que aman el océano, los barcos, las aventuras
y las competencias justas.
—O.L.R.

Rayo es una rama de HarperCollins Publishers.

El capitán Cheech
Texto: © 2008 por Cheech Marin
Ilustraciones: © 2008 por Orlando Ramírez
Traducción: © 2008 por HarperCollins Publishers

Library of Congress ha catalogado la edición en inglés.
ISBN 978-0-06-113209-4 (trade bdg.)

Diseño del libro por Stephanie Bart-Horvath
1 2 3 4 5 6 7 8 9 10
❖
Primera edición